용혜원 시인이 추천하는 세계 명시집!!

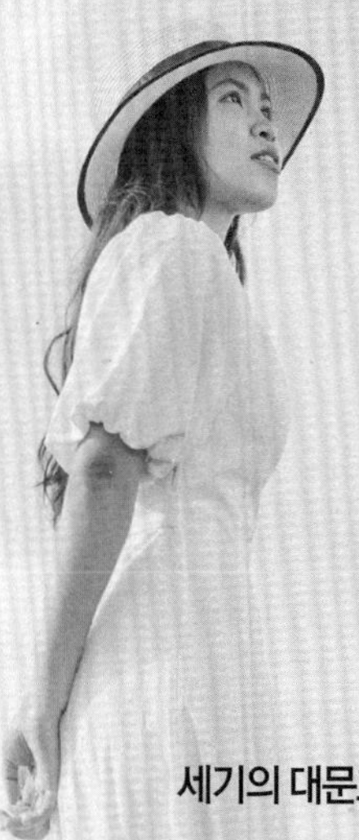

세기의 대문호와 함께 떠나는 세계명시여행!!

지금 이 순간

지치고 힘들 때 읽는 명시 100선

| 이정순 | 엮음

엮은이 이정순

경북 문경 출생으로 국문학을 공부하였으며 인향문단 등 다양한 문학 단체활동을 하였습니다.
평소에 세계 시인들의 감동시를 읽으며, 가슴 뛰는 삶을 살아야겠다는 마음으로 우리가 소중하게 여기며 살아야 하는 것이 무엇인가를 생각하며 이 시집을 엮었습니다.
이정순 시인은 인향문단 수석편집위원과 "들풀문학" 편집위원장을 역임하였으며 들풀문학 대상을 수상하였고, 도서출판 그림책 편집위원으로 활동하고 있습니다. "인생한줄 웃음한줄" "금비나무 레코드가게" "새날을 기다리며" 등 많은 도서를 기획, 편집, 출판하며 이런 활동을 기반으로 세상 사람들이 지치고 힘들 때 위로가 되는 명시 한 편, 한 편을 정성스럽게 선정하였습니다.
위대한 시인들의 삶을 통하여 힘든 삶의 나날을 위로 받으며 삶을 아름답게 사는 것에 있어 작은 선물이 되었으면 하는 바람으로 이 시집을 세상에 내 놓았습니다.

용혜원 시인이 추천하는 세계 명시집!!

지금 이 순간

지치고 힘들 때 읽는 명시 100선

지금 이 순간
– 지치고 힘들 때 읽는 명시 100선을 펴내며

미국의 위대한 시인 월트 휘트먼은 이렇게 말했다.
"위대한 시는 아주 오래오래 공동의 것이고, 모든 계급과 얼굴색을, 모든 부문과 종파를, 남자만큼이나 여자를, 여자만큼이나 남자를 위한 것이다. 위대한 시는 남자나 여자에게 최후가 아니라 오히려 시작이다."

휘트먼의 말처럼 위대한 시는 종말을 고하는 것이 아니라 시작을 우리들에게 알린다. 그것은 아무리 어려운 상황에 있더라도 세상을 헤쳐 나갈 힘을 주며 아무리 슬픈 상황이라도 그 슬픔을 이길 수 있는 희망을 주는 것이다. 그래서 위대한 시는 지나가버린 옛날의 죽어버린 문장이 아니라 오늘날에도 살아 숨 쉬는 생명의 문장인 것이다.

이 책에는 세계 여러 나라의 위대한 시인들이 있다. 그리고 엄선하고 엄선한 그들의 대표작들이 수록되어 있다. 우리는 위대한 시인들의 작품을 통하여 오늘을 살아나갈 수 있는 힘을 얻을 수 있다. 그들의 시는 아직도 펄떡펄떡 살아서 귓전을 때리고 있다.

평소에 세계 시인들의 감동시를 읽으며, 가슴 뛰는 삶을 살아야겠다는 마음으로 우리가 소중하게 여기며 살아야 하는 것이 무엇인가를 생각하며 이 시집을 엮었다. 세상 사람들이 지치고 힘들 때 위로가 되는 명시 한 편, 한 편을 정성스럽게 선정하여 이 시집을 기획하였다. 위대한 시인들의 삶을 통하여 힘든 삶의 나날을 위로 받으며 삶을 아름답게 사는 것에 있어 작은 선물이 되었으면 하는 바람으로 이 시집을 세상에 내 놓는다.

지금 이 순간

| 피터 맥윌리엄스 |

그대에 대한 나의 사랑을
글로는 이루 다 표현할 길이 없다네.
적절한 어휘와 구절들을
찾을 길이 없네.
나는 분별력을 잃어버렸네.
그대를 만난 이후로는
그저 모든 것이 행복에 겨워.
사랑하기 때문에 그대를 원하는지, 아니면
그대를 원하기에 사랑하는 것인지
알 길이 없네.
다만 내가 알고 있는 것은
그대와 같이 있기를 좋아하고
그대를 생각하면 행복해진다는
지금 이 순간 내 사랑은
그대와 함께 있네.

지금 이 순간 – 지치고 힘들 때 읽는 명시 100선

CONTENTS

Je t'aime

PARIS

PARiS

용혜원 시인이 추천하는 세계 명시집!!

명시는 전 세계인들이
좋아하고 읽고 나누는 시다.
명시는 읽으면 읽을수록
마음에 쉽게 다가오고
그 마음에 아름다운 그림을 그려놓고
감동을 주며 삶의 노래를 부르게 한다.
세계인들이 좋아하는 명시를 읽으면
기쁨의 선물을 받고
삶의 의미와 사랑을 알게 될 것이다.
명시는 삶의 희망을 주고
사람들을 아름답게 만든다.

명시는 한 편, 한 편이
삶의 길에서 우연히 만난 꽃이고 야생화다.
명시를 읽는 모든 이들의 마음에
행복이란 꽃이 피기를 바란다.
명시는 읽는 사람들은
참으로 아름답고 행복한 사람들이며
축복을 받은 사람들이다.
명시를 함께 사랑하며
아름다운 추억을 만들며
아름다운 삶을 살기 바라는 마음으로
이 세계 명시집을 추천한다.

- 시인 용혜원

세기의 대문호와 함께 떠나는 세계명시여행!!

지금 이 순간

지치고 힘들 때 읽는 명시 100선

삶은 작은 것들로 이루어졌네

| 메리 R. 하트먼 |

삶은 작은 것들로 이루어졌네.
위대한 희생이나 의무가 아니라
미소와 위로의 말 한 마디가
우리의 삶을 아름다움으로 채우네.
간혹 가슴앓이가 오고 가지만
그것은 다른 얼굴을 한 축복일 뿐
시간의 책장을 넘기면
위대한 놀라움을 보여주리.

인생거울

| 매를린 브리지스 |

세상에는 변치 않는 마음과
굴하지 않는 정신이 있다.
순수하고 진실한 영혼들도 있다.
그러므로 자신이 가진 최상의 것을 세상에 주라.
최상의 것이 너에게 돌아오리라.
마음의 씨앗을 세상에 뿌리는 일이
지금은 헛되이 보일지라도
언젠가는 열매를 거두게 되리라.
왕이든 걸인이든 삶은 다만 하나의 거울.
우리의 존재와 행동을 비춰 줄 뿐.
자신이 가진 최상의 것을 세상에 주라.
최상의 것이 너에게 돌아오리라.

진정한 여행

| 나짐 히크메트 |

가장 훌륭한 시는 아직 씌어지지 않았다.
가장 아름다운 노래는 아직 불려지지 않았다.
최고의 날들은 아직 살지 않은 날들.
가장 넓은 바다는 아직 항해되지 않았고,
가장 먼 여행은 아직 끝나지 않았다.
불멸의 춤은 아직 추어지지 않았으며,
가장 빛나는 별은 아직 발견되지 않은 별.
무엇을 해야 할지 더 이상 알 수 없을 때
그때 비로소 진정한 무엇인가를 할 수 있다.
어느 길로 가야 할지 더 이상 알 수 없을 때
그때가 비로소 진정한 여행의 시작이다.

인생

| 릴케 |

인생을 이해하려 해서는 안 된다.
인생은 축제와 같은 것.
하루하루를 일어나는 그대로 살아나가라.
바람이 불 때 흩어지는 꽃잎을 줍는 아이들은
그 꽃잎들을 모아둘 생각은 하지 않는다.
꽃잎을 줍는 순간을 즐기고
그 순간에 만족하면 그뿐.

내 안에 내가 찾던 것이 있었네

| 수잔 폴리스 슈츠 |

모두들 행복을 찾는다고
온 세상 헤매고 있지.
하지만 새로운 도전이란
잠시 혼란스럽고 불행하기 마련
마침내 지친 그들은
자기 자신에게로 돌아오지.
내가 찾던 것 있었네.
바로 내 안에 있었네.
행복이란
참다운 나를
사랑하는 이와 나눌 줄 아는 것.

말은 죽은 것이라고

| 디킨슨 |

말을 하면 그 순간
말은 죽은 것이라고
어떤 이들은 말한다.
나는 말들이 막
살아나기 시작한다고 말한다.
말을 한 그 날부터.

인생

| 플라텐 |

세상이 어떤 것인지 알 사람 누구인가.
사람들 모두 반생을 꿈속에 지내며
중병에 걸린 환자처럼 무리 속에서
어리석은 사람들과 허튼 말을 나누면서
사랑이란 번민에 빠져 괴로워하는 것.
그다지 생각도 못하고 하는 일도 없이
건들건들 놀다가 죽는 것.

죽은 뒤

| 로제티 |

커튼은 반만 내려져 있고 마루는 말끔한데
내가 누운 자리 위엔
풀과 로즈마리가 뿌려져 있다.
창가에는 담쟁이 그늘이 기어간다.
그가 내게로 몸을 구부린다. 내가 깊이 잠들어
그가 온 소리를 듣지 못했으리라 여기면서.
'가엾은 것'하고 그가 말한다.
그가 돌아서고 깊은 침묵이 감돌 때
나는 그가 울고 있음을 안다.
그는 내 수의에 손을 잡거나 하지 않는다.
내가 살아 있을 때 그는 나를 사랑하지 않았다.
죽고 난 후에야 가엾이 여긴다.
내 몸은 싸늘하지만
그의 체온이 여전히 따뜻함은 얼마나 기쁜 일인지.

그리고 미소를

| 엘뤼아르 |

밤은 결코 완전한 것이 아니다.
슬픔의 끝에는 언제나
열려 있는 창이 있고,
언제나 꿈은 깨어나며,
욕망은 충족되고 굶주림은 채워진다.
관대한 마음과
열려 있는 손이 있고,
주의 깊은 눈이 있고,
함께 나누어야 할 삶이 있다.

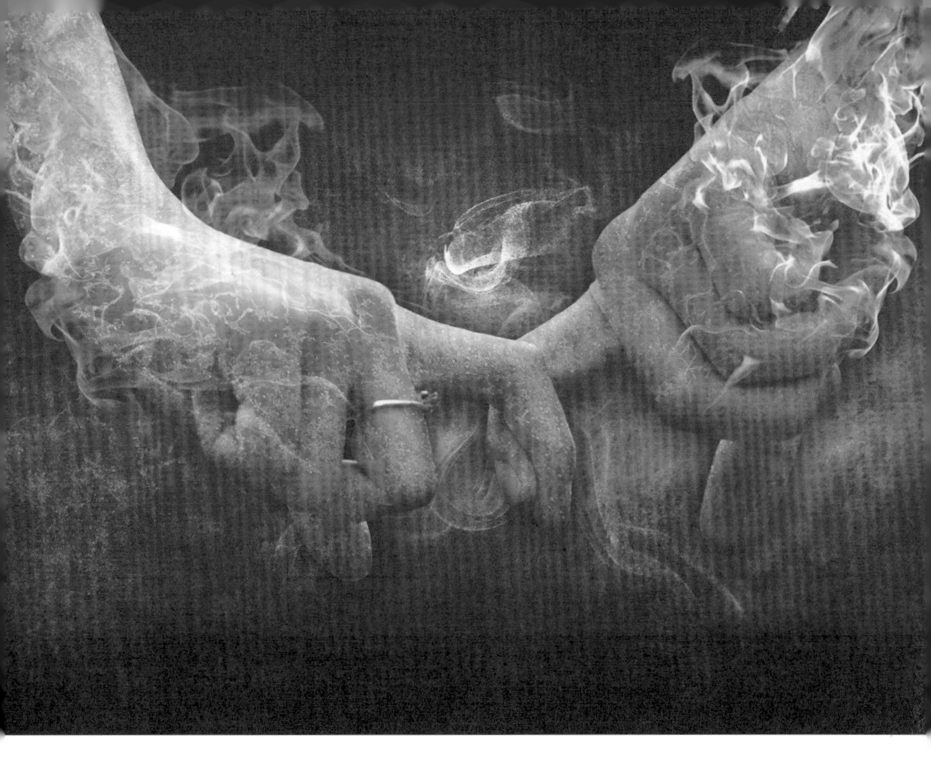

잊어버리세요

| 사라 티즈데일 |

잊어버리세요, 꽃을 잊듯이.
잊어버리세요, 한때 세차게 타오르던 불처럼
영원히, 영원히 잊어버리세요.
시간은 친절한 벗.
우리는 세월을 따라 늙어가는 것.
만일 누군가 묻거들랑 대답하세요.
그건 벌써 오래 전 일이라고
꽃처럼 불처럼 아주 먼 옛날
눈 속으로 사라진 발자국처럼 잊었노라고.

강변의 숲속에서

| 한스 카로사 |

강변의 숲속에
숨어 있는 아침 해.
우리는 강가에 배를 띄웠다.
아침 해는
물속으로 뛰어들어 강물 위에서
반짝이며 우리에게 인사를 하였다.

산비둘기

| 장 콕토 |

두 마리의 산비둘기가
상냥한 마음으로
사랑하였습니다.
그 나머지는
차마
말씀드릴 수가 없습니다.

내가 좋아하는 요리법

| 헬렌 스타이너 라이스 |

한 잔의 친절에
사랑을 부어 잘 섞고
하늘의 신에 대한 믿음과
많은 인내를 첨가하고
기쁨과 감사와 격려를
넉넉하게 뿌립니다.
그러면 일 년 내내 포식할
'천사의 양식'이 됩니다.

경고

| 엘뤼아르 |

그가 죽기 전날 밤은
그의 생애에서 가장 짧은 밤이었다.
그가 아직도 살아 있다는 생각이
그의 손목의 피를 뜨겁게 했다.
그의 육체의 무게는 그를 답답하게 짓눌렀고
그의 힘은 그에게 신음소리를 내게 했다.
그가 웃음을 짓기 시작한 것은
바로 그러한 공포의 밑바닥에서였다.
그 옆에는 한 사람의 동지도 없었으나
수백만의 무수한 동지들이 있었다.
복수하기 위한 방법을 그는 알고 있었다.

이제는 더 이상 헤매지 말자

| 바이런 |

이제는 더 이상 헤매지 말자.
이토록 늦은 한밤중에
지금도 사랑은 가슴 속에 깃들고
지금도 달빛은 훤하지만.
칼을 쓰면 칼집이 해어지고
정신을 쓰면 가슴이 헐고
심장도 숨 쉬려면 쉬어야 하고
사랑도 때로는 쉬어야 하니.
밤은 사랑을 위해 있고
낮은 너무 빨리 돌아오지만
이제는 더 이상 헤매지 말자.
아련히 흐르는 달빛 사이를.

추수하는 아가씨

| 워즈워드 |

보아라, 혼자 넓은 들에서 일하는
저 아일랜드 처녀를.
혼자 낫질하고 혼자 묶고
처량한 노래 혼자서 부르는 저 처녀를.
여기에서 잠시 쉬든지 가만히 지나가라
들으라, 깊은 골짜기 넘쳐흐르는 저 소리를.
저 처녀 무슨 노래를 부르는지
말해 주는 이 없는가.
저 슬픈 노래는
오래된 아득한 불행
그리고 옛날의 전쟁들
무엇을 읊조리든
그 노래는 끝이 없는 듯
처녀가 낫 위에 허리 굽히고
노래하는 것을 보았네.

살아남은 자의 슬픔

| 베르톨트 브레히트 |

물론 나는 알고 있다.
운이 좋았던 덕택에
나는 그 많은 친구들보다
오래 살아남았다.
그러나 지난 밤 꿈속에서
이 친구들이 나에 대하여
이야기하는 소리가 들려왔다.
강한 자는 살아남는다.
나는 자신이 미워졌다.

나무들

| 킬머 |

나무처럼 사랑스러운 시를 결코
볼 수 없으리라고 나는 생각한다.
단물 흐르는 대지의 젖가슴에
굶주린 입술에 대고 있는 나무.
하루 종일 잎새 무성한 팔을 들어
하느님께 기도 올리는 나무.
여름날이면 자신의 머리카락에다가
방울새의 보금자리를 틀어 주는 나무.
가슴에 눈을 쌓기도 하고
비하고도 다정하게 사는 나무.
나 같은 바보도 시를 짓지만
나무를 만드시는 분은 오직 하나님.

인간과 바다

| 보들레르 |

자유로운 인간이여, 항상 바다를 사랑하라.
바다는 그대의 거울, 그대는 그대의 넋을
한없이 출렁이는 물결 속에 비추어 본다.
그대의 정신 또한 바다처럼 깊숙한 쓰라린 심연.
그대는 즐겨 그대의 모습 속에 잠겨든다.
그대는 그것을 눈과 팔로 껴안고
그대 마음은 사납고 격한 바다의 탄식에
문득 그대의 갈등도 사그라진다.
그대는 둘 다 음흉하고 조심성이 많아
인간이여, 그대의 심연 바닥을 헤아릴 길 없고
오, 바다여, 네 은밀한 보화를 아는 이 아무도 없기에
그토록 조심스레 그대들은 비밀을 지키는구나.
하지만 그대들은 태고 적부터
인정도 회한도 없이 서로 싸워 왔으니
그토록 살육과 죽음을 좋아하는가.
오, 영원한 투사들,
오, 냉혹한 형제들이여.

나는 슬픔의 강은 건널 수 있어요

| 디킨슨 |

나는 슬픔의 강은 건널 수 있어요.
가슴까지 차올라도
익숙하거든요.
하지만 기쁨이 살짝만 날 건드리면
발이 휘청거려 그만
넘어집니다, 취해서.
조약돌도 웃겠지만
맛 본 적 없는 새 술이니까요.
그래서 그런 것뿐입니다.
힘이란 오히려 아픔,
닻을 매달기까지
훈련 속에 좌초되는 것.
거인에게 향유를 주어보세요,
인간처럼 연약해질 테니.
히말라야 산을 주어보세요.
그 산을 번쩍 안고 갈 것입니다.

울기는 쉽지

| 루이스 후른베르크 |

눈물을 흘리기야
날아서 달아나는 시간처럼 쉽지.
하지만 웃기는 어려운 것.
찢어지는 가슴속에 웃음을 짓고
이를 꼭 악물고
웃는 것은 정말 어려운 일.

어머니의 기도

| 캐리 마이어스 |

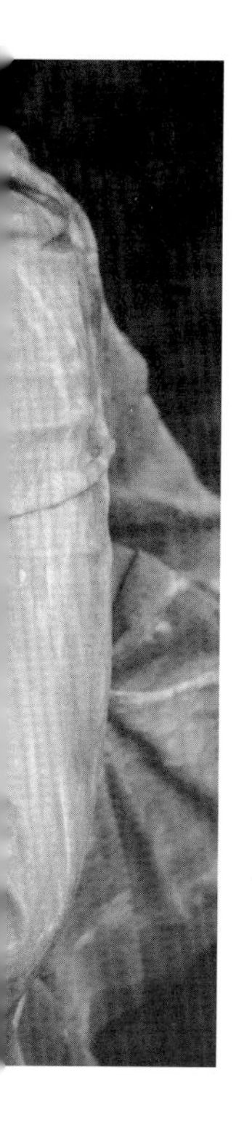

아이들을 이해하고
아이들의 말을 끝까지 들어주고
묻는 말에 일일이 친절하게
대답할 수 있도록 도와주소서.
면박을 주는 일 없도록 도와주소서.
아이들이 우리에게 공손히 대해 주기를 바라 듯
우리가 잘못했다고 느꼈을 때
아이들에게 용서를 빌 수 있는 용기를 주옵소서.
아이들의 잘못에
창피를 주거나 상처 주는 말을 하지 않게 도와주시고
아이들에게 잔소리를 하지 않게 하여 주옵소서.

고요히 머물며 사랑하기

| 테클라 매를로 |

누구나 잘못할 수 있지만
누구나 솔직할 수 있는 것은 아닙니다.
그러나 진실한 사람의 아름다움은
무엇과도 비할 수 없습니다.
솔직함은 겸손이고,
두려움 없는 용기입니다.
잘못으로 부서진 것을 솔직함으로 건설한다면
어떤 폭풍우에도 견뎌낼 수 있을 것입니다.
가장 연약한 사람이 솔직할 수 있으며,
가장 여유로운 사람이 자신의 모습을 볼 수 있고,
자신을 아는 사람만이 자신을 드러낼 수 있습니다.

바람

| 로제티 |

그 누가 바람을 보았을까?
아무도 본 이는 없지만
나뭇잎 가만히 흔들면서
바람은 거기를 지나간다.
그 누가 바람을 보았을까?
아무도 본 이는 없지만
나뭇잎 머리를 숙이면서
바람은 거기를 지나간다.

경쾌한 노래

| 엘뤼아르 |

나는 앞을 바라보았네.
군중 속에서 그대를 보았고
밀밭 사이에서 그대를 보았고
나무 밑에서 그대를 보았네.
내 모든 여정의 끝에서
내 모든 고통의 밑바닥에서
물과 불에서 나와
내 모든 웃음소리가 굽이치는 곳에서
여름과 겨울에 그대를 보았고
내 집에서 그대를 보았고
내 두 팔 사이에서 그대를 보았고
내 꿈속에서 그대를 보았네.

봄은 하얗게 치장을 하고

| 브리지스 |

봄은 하얗게 치장을 하고
우윳빛 새하얀 관을 쓰고 있다.
흰 구름은 부드럽고 환하게 빛나는
양떼처럼 하늘을 떠돌고 있다.
하늘에는 흰 나비가 춤추고
하얀 데이지 꽃이 대지를 수놓는다.
벚꽃과 서리같이 하얀 배꽃은
눈처럼 꽃잎을 뿌리고 있다.

이기주의

| 체 게바라 |

우리가 그토록 바라는 세상이 오더라도
여전히 남아있는 것은 이기주의
그것은 감기 바이러스와 같은 것이어서
늘 새로운 옷으로 갈아입고 전염시킨다.
전염경로인 공기와 물을 없앨 수도 없는 일.
오직 마음을 개조시킬 수밖에 없는 일.
그것의 유일한 방법은 인류 최고의 무기인 사랑이다.
그 사랑은 만능열쇠처럼 어떠한 마음도 열 수 있다.

달밤

| 아이헨도르프 |

하늘이 조용히
대지와 입 맞추니
피어나는 꽃잎 속에 대지가
이제 하늘의 꿈을 꾸는 것 같았다.
바람은 들판을 가로질러 불고,
이삭들은 부드럽게 물결치고,
숲은 나직하게 출렁거리고,
밤하늘엔 별이 가득했다.
곧이어 나의 영혼은
넓게 날개를 펼치고
집으로 날아가듯,
조용한 시골 들녘으로 날아갔다.

두 개의 허물 자루

| 칼릴 지브란 |

우리는 다른 사람의 허물을 쉽게 보지만
정작 보아야 할 자신의 허물에는 어둡습니다.
그리스 속담에는 이런 것이 있습니다.
'사람은 누구나 앞뒤에 하나씩 자루를 달고 다닌다.
앞에 있는 자루에는 남의 허물을 모아 담고
뒤에 있는 자루에는 자기의 허물을 주어 담는다'
뒤에 있는 자신의 허물을 담는 자루는
자기에게는 보이지 않지만
반대로 남들 눈에는 잘 보인다는 것을
늘 염두에 두고
자기 성찰을 게을리 하지 말아야 할 것입니다.

사랑은 수수께끼

| 샤퍼 |

사랑은 강요할 수 없는 것.
그러나 영원할 수 있는 것.
사랑은 대가를 치르고 얻을 수 없는 것.
그러나 놀라운 선물처럼 받을 수 있는 것.
사랑은 요구할 수 없는 것.
그러나 기다릴 수는 있는 것.
사랑은 만들어낼 수 없는 것.
그러나 성장할 여건은 조성할 수 있는 것.
사랑은 재촉할 수 없는 것.
그러나 자연스레 흘러나올 수 있는 것.
사랑은 기대할 수 없는 것.
그러나 갈구할 수는 있는 것.
사랑은 알 수 없는 것.
우리가 가끔씩 되돌아보아야만 알 수 있는
갖가지 가면을 쓰고 나타난다.
그러나 사랑은
언제나 사랑 그 자체를 훨씬 넘어
사랑의 기원과 그 목적을 가리키고 있다.

용서하는 마음

| 로버트 뮬러 |

일요일에는 자신을 용서하라.
월요일에는 가족을 용서하라.
화요일에는 친구와 동료를 용서하라.
수요일에는 국가의 경제기관을 용서하라.
목요일에는 국가의 문화기관을 용서하라.
금요일에는 국가의 정치기관을 용서하라.
토요일에는 다른 나라들을 용서하라.

나는 고뇌의 표정이 좋다

| 디킨슨 |

나는 고뇌의 표정이 좋아.
그것이 진실임을 알기에.
사람은 경련을 피하거나
고통을 흉내낼 수 없다.
눈빛이 일단 흐려지면 그것이 죽음이다.
꾸밈없는 고뇌가
이마 위에 구슬땀을
꿰는 척할 수는 없는 법이다.

도움말

| 휴스 |

내 말을 잘 듣게, 여보게들.
태어난다는 것은 괴로운 일.
죽는다는 것은 비참한 일이지.
그러니 꽉 붙잡아야 하네.
사랑한다는 일을 말일세.
태어남과 죽음의 사이에 있는 시간 동안.

오월의 마술

| M. 와츠 |

작은 씨 하나
나는 뿌렸죠.
흙을 조금
씨가 자라게
조그만 구멍
토닥토닥
잘 자라라고 기도하면
그만이에요.
햇빛을 조금
소나기 조금
세월이 조금
그러고 나면 꽃이 피지요.

화살과 노래

| 롱펠로우 |

하늘 우러러 나는 활을 당겼다.
화살은 땅에 떨어졌었지. 그 어딘지는 몰라도
그렇게도 빨리 날아가는 그 화살을
그 누가 볼 수 있으랴.
하늘 우러러 나는 노래를 불렀다.
노래는 땅에 떨어졌었지. 그 어딘지는 몰라도
눈길이 제아무리 예리하고 강하다한들
날아가는 노래를 그 누가 볼 수 있으랴.
오랜 세월이 흐른 후 한 느티나무에
나는 보았다. 아직 꺾이지 않은 채 박혀 있는
화살을, 노래도 처음부터 끝까지
한 친구의 가슴 속에 살아있는 것을 나는 들었다.

그날이 와도

| 하인리히 하이네 |

그리운 이여,
그대가 캄캄한 무덤 속에 누워 있다면
나도 무덤으로 내려가
그대 곁에 누우리.
그대에게 입 맞추고 껴안으리.
아무 말 없는, 싸늘한 그대
환희에 몸을 떨며 기쁨의 눈물 적시리.
이 몸도 함께 주검이 되리.
한밤에 일으킨 많은 주검들
보얗게 무리지어 춤을 추누나.
우리 둘은 무덤 속에 남아
서로 껴안고 가만히 누워 있으리.
고통 속으로, 기쁨 속으로
심판의 날 다가와 주검을 몰아친다 해도
우리는 아랑곳없이
서로 안고 무덤 속에 누워 있으리.

그대가 있기에

| 피터 맥윌리엄스 |

그대가 있기에
나는 감격했고,
그대가 먼저 행동을 취했기에
나는 놀랐고,
그대가 먼저 나에게로 다가왔기에
나는 아찔했고,
그대가 내 곁에 있기에
나는 행복하고.
함께 있으면
우리는 하나
따로 있으면
우리는 저마다
완전한 존재.
이것이 우리의 꿈이게 하고
이것이 우리의 목표가 되게 하라.

나의 어머니

| 베를톨트 브레히트 |

그녀가 죽었을 때, 사람들은 그녀를 땅속에 묻었다.
꽃이 자라고 나비가 그 위로 날아간다.
체중이 가벼운 그녀는 땅을 누르지도 않는다.
그녀가 이처럼 가볍게 되기까지
얼마나 많은 고통을 겪었을까?

운명의 칼날에 이를 때까지

| 셰익스피어 |

진실된 마음의 사랑 앞에
장애물을 놓지 말라.
감추는 무엇이 발견되었을 때 변하는 사랑이라면
그건 사랑이 아니라네.
사랑은 영원히 고정된 하나의 표적.
사나운 비바람에도 흔들리지 않는 바위.
방황하는 모든 배들에게 밤하늘의 별과 같은 것.
그 높이는 알 수 있어도
그 가치의 깊이는 정녕 알 수 없어라.
사랑은 세월의 어릿광대가 아니라네.
장밋빛 입술과 뺨이 자신의 굽어진 낫에 베일지라도
사랑은 짧은 몇 시간, 몇 주 사이에 변하지 않으리니.
운명의 칼날에 이를 때까지
사랑은 지지를 얻는다.
만일 이것이 틀리고
또 틀린 것이 입증된다면
나는 결코 이렇게 쓰지 않았을 것이요,
지금까지 사랑을 한 사람이라곤
아무도 없었을 것이네.

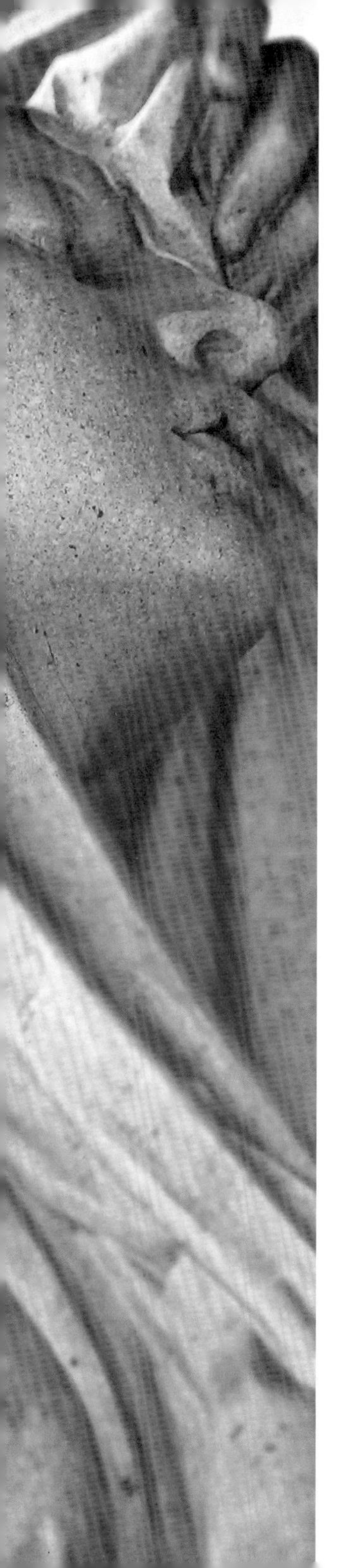

진정으로 사랑한다는 것은

| E. L 쉴러 |

진정
사랑한다는 것은
이별을
눈물로써 대신하는 것이
절대로 아닙니다.
곁에 있던 사람이
먼 길을 떠나는 순간,
사랑의 가능성이
모두 사라져 간다 할지라도
그대 가슴속에 남겨진
그 사랑을 간직하면서
사랑하는 마음을 버리지 않는 것이
진정으로
사랑하는 것입니다.

사랑의 팔

| 슈토름 |

사랑의 팔에 안긴 일이 있는 사람은
절대로 비참해지는 일이 없다.
비록 낯선 땅에서 홀로 죽어갈지라도.
연인의 입술에 닿아서 느낀
지난날의 행복이 다시 되살아나
죽음의 순간에서조차도

어떻게 사랑하게 되었느냐 묻기에

| 바이런 |

"저를 어떻게 사랑하게 되었나요?"
아, 그것을 내게 묻다니 참으로 가혹하군요.
그 많은 눈길을 읽으시고도.
그대를 바라볼 때 나의 인생은 시작된답니다.
우리 사랑의 종말을 알고 싶으신가요?
미래가 두려워서 마음은 제자리이지만
사랑은 끝없는 슬픔의 끝을 헤매며
내 삶이 끝나는 그날까지 살아가게 될 거예요.

당신을 사랑했습니다

| 푸쉬킨 |

당신을 사랑했습니다.
그 사랑은 아직도
내 마음속에서 불타고 있습니다.
하지만 내 사랑으로 인해
더 이상 당신을 괴롭히지는 않겠습니다.
슬퍼하는 당신의 모습을
절대 보고 싶지 않으니까요.
말없이,
그리고 희망도 없이
당신을 사랑했습니다.
때론 두려워서,
때론 질투심에 괴로워하며
오로지 당신을 깊이 사랑했습니다.
부디 다른 사람도
나처럼 당신을 사랑하길 기도하겠습니다.

사랑

| 장 콕도 |

사랑한다는 것.
그것은 바로 사랑받는다는 것이니
한 존재로 불안에 떨게 하는 것.
언젠가는 상대방에게 가장 소중한
존재가 될 수 없다는 그것이
바로 우리의 고민이다.

사랑의 되뇌임

| 브라우닝 |

사랑한다고 한번만 더 들려주세요.
다시 한 번 더 그 말을 되뇌면
그대에겐 뻐꾸기 울음처럼 들리겠지만.
기억해 두세요. 뻐꾸기 울음 없이는 결코
상큼한 봄이 연록빛 치장을 하고
산이나 들에, 계곡과 숲이 찾아오지 않아요.
온갖 별들이 제각기 하늘을 수놓는다 해도
너무 많다고 불평할 사람이 어디 있겠어요?
온갖 꽃들이 저마다 사철을 장식한다 해도
너무 많다고 불평할 사람이 어디 있겠어요?
사랑해, 사랑해, 사랑해…….
그 달콤한 말을 속삭여 주세요.

산 위에서

| 괴테 |

릴리여, 만일 내가 너를 사랑하지 않는다면
어떤 기쁨을 이 경치가 줄 수 있었으랴!
그리하여 릴리여, 만일 내가 너를 사랑하지 않는다면
어디서 나는 행복을 찾을 수 있었을까?

크고도 붉은

| 자크 프레베르 |

크고도 붉게
궁전 지붕 위로
겨울 태양이 나타났다가
사라진다.
태양처럼 이내 심장도 사라지리.
또 내 모든 피도 흘러가버리리.
흘러가버리리라, 너를 찾아.
내 사랑아,
내 고운 사람아.
너 있는 그곳에서
너를 다시 만나려고.

어머니에게

| 에드가 앨런 포우 |

저 높은 천당에서 서로 속삭이는 천사들도
그들의 불타는 사랑의 말들 속에서
어머니라는 말만큼 진정어린 말은
찾을 수 없다고 느끼지요.
저는 오랫동안 그 그리운 이름으로
당신을 부르고 있습니다.
나에게 어머니는 이상이시고
나의 마음속에 기쁜 마음을 채워 주는 당신,
나는 마음속에 당신을 앉혀 놓았습니다.

그때는 기억하라

| R. 펀치즈 |

길이 너무 멀어 보일 때 어둠이 밀려올 때
모든 일이 다 틀어지고 친구를 찾을 수도 없을 때
그때는 기억하라, 사랑하는 이가 있다는 것을.

웃음 짓기 힘들 때 기분이 울적할 때
날아보려 날개를 펴도 날아오를 수 없을 때
그때는 기억하라, 사랑하는 이가 있다는 것을.

시간은 벌써 다 달아나 버리고 시작하기도 전에 끝나 버릴 때
조그만 일들이 당신을 가로막아 아무 일도 할 수 없을 때
그때는 기억하라, 사랑하는 이가 있다는 것을.

사랑하는 이가 멀리 떠나고 당신 홀로 있을 때
어떤 말을 해야 할지 모를 때
혼자 있다는 사실이 한없이 두려울 때
그때는 기억하라, 사랑하는 이가 있다는 것을.

지금 이 순간

| 피터 맥윌리엄스 |

그대에 대한 나의 사랑을
글로는 이루 다 표현할 길이 없다네.
적절한 어휘와 구절들을
찾을 길이 없네.
나는 분별력을 잃어버렸네.
그대를 만난 이후로는
그저 모든 것이 행복에 겨워.
사랑하기 때문에 그대를 원하는지, 아니면
그대를 원하기에 사랑하는 것인지
알 길이 없네.
다만 내가 알고 있는 것은
그대와 같이 있기를 좋아하고
그대를 생각하면 행복해진다는
지금 이 순간 내 사랑은
그대와 함께 있네.

당신으로 인하여

| 제니 디터 |

당신으로 인하여 나는
새로운 사람으로 변하고 있어요.
새로운 경험을 하게 되었고
아낌없이 베풀고 받아들이는 것을 배웠지요.
당신의 사랑으로 나는
온전히 서로를 이해하는
너그러움을 갖게 되었지요.
사소한 즐거움 하나로
하루 내내 미소 지을 수 있다는 것도요.
당신은 나의 존재를 인정해 주었고
내가 바르게 성장할 수 있도록 이끌어 주었지요.
나는 당신에게 더 가까이 가기 위해
성장을 게을리 하지 않았어요.
나의 사랑으로 인해
당신도 역시 그렇게 되길 진심으로 기도해요.

황혼

| 빅토르 위고 |

황혼이다.
나는 문간에 앉아 마지막 노동에 빛나는
하루의 끝을 바라본다.
밤에 적셔진 대지에
나는 누더기 옷을 입은 한 노인이
미래에 거두어들일 것들을 밭이랑에
뿌리는 것을 바라보고 있다.
노인의 검고 높은 그림자는
이 깊숙한 들판을 차지하고 있다.
그가 얼마나 시간의 소중함을 절감하고 있는지
나는 알 것도 같다.

고상한 인품

| 사무엘 존스 |

사람을 더욱 훌륭하게 해주는 것은
나무처럼 크기가 자라는 것은 아니다.
또한 말라버려 낙엽지고 시들어
마침내 통나무로 쓰러지는 참나무처럼
삼백 년 동안 버티고 서 있는 것도 아니다.
하루살이 생명인 백합화조차
비록 그날 밤에 시들어 죽기는 해도
오월이면 그들보다 훨씬 아름답다.
그것은 빛의 풀이며 꽃이어라.
우리는 참다운 아름다움을 보고
짧은 기간에도 인생은 완전해질 수 있다.

봄

| 빅토르 위고 |

봄이구나, 3월.
감미로운 미소의 달, 4월.
꽃피는 5월, 무더운 6월.
모든 아름다운 달들은 나의 친구들이다.
잠들어 있는 강가에 포플러 나무들
커다란 종려나무들처럼 부드럽게 휘어진다.
새는 포근하고 조용한 깊은 숲에서 파닥거린다.
초록의 나무들이 즐거워하고
해는 왕관을 쓴 듯 힘차게 솟아오른다.
저녁이면 사랑으로 가득 차고
밤이면 거대한 그림자 사이로
하늘이 내리는 축복 아래
영원히 행복한 노래를 부르리.

두 개의 꽃다발

| 왈루야띠 |

활짝 핀 꽃으로
향기 나는 꽃다발을 만들었네.
그리고 우리는
저녁놀 지는 들을 지나
즐거운 마음으로 돌아왔네.
교차로에서 우리는 헤어졌네.
꽃다발을 쥔 손은 떨리고
우리가 서로 응시하는 사이에
그 꽃다발은 두 개로 갈라졌네.
네 손에 준 한 묶음의 꽃이 반으로 갈라졌네.
꽃다발을 꼭 쥐고 뛰었네, 그대는.
우리는 헤어졌네, 황혼녘에
그대는 꽃만 가지고 떠났네.
나에게는 그 향기만 남긴 채.

고귀한 자연

| 벤 존슨 |

보다 나은 사람이 되는 것은
나무가 크게만 자라는 것과 다르다.
참나무가 삼백 년 동안이나 오래 서 있다가
결국 잎도 피우지 못하고 통나무로 쓰러지느니
하루만 피었다 지는
오월의 백합이 훨씬 더 아름답다.
비록 밤새 시들어 죽는다 해도
그것은 빛의 화초요 꽃이었으니.
작으면 작은 대로의 아름다움을 보면
조금씩이라도 인생은 완벽해지지 않을까.

모래 위에 쓴 편지

| 페트 분 |

오늘 같은 그 어느 날,
모래 위에 사랑의 편지를 쓰면서
우리는 시간 가는 줄도 몰랐지.
밀려드는 파도에
모래 위에 쓴 사랑의 편지가 지워질 때
너는 웃었고
나는 울었지.
너는 언제나
진실만을 맹세한다고 했지.
그러던 너였건만
지금 그 맹세는 어디로 갔나.
부서지는 파도에 밀려
모래 위에 쓴 사랑의 편지가 지워질 때처럼
내 마음 지금 한없이 고통스럽다네.

노래

| 자크 프레베르 |

오늘은 며칠일까?
오늘은 매일이지.
귀여운 사람아,
오늘은 일생이야.
사랑스러운 사람아,
우리는 서로 사랑하며 살아간다.
우리는 살면서 서로 사랑한다.
우리는 모른다,
산다는 것은 무엇일까.
우리는 모른다,
하루란 무엇일까.
우리는 모른다,
사랑이란 무엇일까.

그런 길은 없다

| 베드로시안 |

아무리 어둔 길이라도
나 이전에
누군가는 이 길을 지나갔을 것이고,
아무리 가파른 길이라도
나 이전에
누군가는 이 길을 통과했을 것이다.
아무도 걸어가 본 적이 없는
그런 길은 없다.
나의 어두운 시기가
비슷한 여행을 하는
모든 사랑하는 사람들에게
도움을 줄 수 있기를.

내 젊음의 초상

| 헤르만 헤세 |

지금은 벌써 전설처럼 된 먼 과거로부터
내 청춘의 초상이 나를 바라보며 묻는다.
지난 날 태양의 밝음으로부터
무엇이 반짝이고 무엇이 타고 있는가를.
그때 내 앞에 비추어진 길은
나에게 많은 번민의 밤과
커다란 변화를 가져왔다.
그 길을 나는 이제 다시는 걷고 싶지 않다.
그러나 나는 나의 길을 성실하게 걸었고
추억은 보배로운 것이었다.
실패도 과오도 많았다.
하지만 나는 그것을 후회하지 않는다.

우리 둘이는

| 엘뤼아르 |

우리 둘이는 서로 손을 맞잡고
어디서나 마음 속 깊이 서로를 믿는다.
아늑한 나무 아래 어두운 하늘 아래
모든 지붕 아래 난롯가에서,
태양이 내리쬐는 빈 거리에서,
민중의 망막한 눈동자 속에서,
현명한 사람이나 어리석은 사람들 곁에서라도
어린 아이들이나 어른들 틈에서라도
사랑은 아무것도 감추지 않고
우리들은 그것의 확실한 증거이다.
사랑하는 사람들은 마음 속 깊이 서로를 믿는다.

작은 기도

| 사무엘 E. 키서 |

눈멀어 더듬더듬 찾게 하지 마시고
맑은 비전으로
언제 희망을 말할 수 있고
언제 한결 유익한 기운을 더할 수 있는가를
알게 하소서.
불길이 약할 때
얇은 옷 차려입은 꼬마들이 거기 앉아
여태껏 누려본 적 없는 즐거움을 그려보는 때에는
살랑살랑 부드러운 바람이 불게 하소서.
가는 세월 동안에는
무심코 내가 던진 말이나
내가 얻으려고 애쓴 노력으로 인하여
가슴 아픈 일도
두 볼이 젖게 하는 일도 없게 하소서.

연인 곁에서

| 괴테 |

태양이 바다의 수면 위를 비추면
나는 너를 생각한다.
희미한 달빛이 우물에 떠 있으면
나는 너를 생각한다.
먼 길 위에 먼지가 일어날 때
나는 너를 본다.
깊은 밤 좁은 오솔길에
방랑객이 비틀거리며 다가올 때
거기서 먹먹한 소리를 내며 파도가 일 때
나는 네 소리를 듣는다.
모든 것이 침묵에 빠질
조용한 숲 속으로 가서 난 이따금 바람이 살랑거리는
소리를 듣는다.
나는 너와 함께 있다 너는 아직도 멀리 있다지만
내게는 무척 가깝구나.
태양이 지고 이어 별빛이 반짝인다.
아, 거기 네가 있다면.

바람

| 보리스 빠스쩨르나크 |

나는 죽었지만 그대는 여전히 살아 있다.
하소연하며 울부짖으며
바람은 숲과 오두막집을 뒤흔든다.
아주 끝없이 먼 곳까지
소나무 한 그루 한 그루씩이 아닌
모든 나무를 한꺼번에
마치 어느 배 닿는 포구의
거울 같은 수면 위에 떠 있는
돛단배의 선체를 뒤흔들듯.
따라서 이 바람은 허세나
무의미한 분노에서 연유된 것이 아닌
당신을 위한 자장가와 노랫말을
이 슬픔 속에서 찾기 위함이다.

음악은

| 쉘리 |

음악은 부드러운 가락이 끝날 때
우리의 추억 속에 여운을 남기고,
꽃향기는 향기로운 오랑캐꽃 시들 때
깨우쳐진 느낌 속에 남아 있느니.
장미꽃 잎사귀는 장미가 죽었을 때
사랑하는 사람의 침상에 쌓이듯,
이처럼 그대 가고 내 곁에 없는 날
그대 그린 마음 위에 사랑은 잠든다.

당신을 어떻게 사랑하느냐고요?

| 브라우닝 |

당신을 어떻게 사랑하느냐고요?
한번 헤아려보죠.
비록 그 빛 안 보여도 존재의 끝과
영원한 영광에 내 영혼 이를 수 있는,
그 도달할 수 있는 곳까지 사랑합니다.
태양 밑에서나, 혹은 촛불 아래서나
하루하루의 얇은 경계까지도 사랑합니다.
권리를 주장하듯 자유롭게 당신을 사랑합니다.
칭찬에 몸 둘 바를 몰라 돌아서듯
순수하게 당신을 사랑합니다.
옛 슬픔에 쏟았던 정열로써 사랑하고
내 어릴 적 믿음으로 사랑합니다.
세상 떠난 성인들과 더불어 사랑하고
잃은 줄만 여겼던
사랑의 불로 당신을 사랑합니다.
내 한평생의 숨결과 미소와 눈물로써 당신을 사랑합니다.
신의 부름을 받더라도
죽어서 더욱 사랑하겠습니다.

그대 나의 동반자여

| 에릭 칼펠트 |

그대의 눈동자는 불꽃, 나의 영혼은 기름
그대 나에게서 떠나가오, 내 심장의 지뢰가 불붙기 전에.
나는 바이올린, 애절한 노래의 샘.
그대 손길에 따라 노래는 분수가 되네.
나에게서 떠나가오.
나로부터 멀어져가오.
나는 욕망이며 그리움이며
나는 가을과 봄을 살아가오.
바이올린이여!
너의 선이 취해 부서지도록
내 사랑의 상처를 노래하라.
나로부터 떠나가오.
나에게서 멀어져가오.
어느 가을날 우리 함께 불꽃이 되어
피와 황금의 깃발이 기쁨의 폭풍에 펄럭이게 하오.
그대의 발걸음소리 황혼과 더불어 사라질 때까지.
그대여, 내 청춘의 마지막 동반자여.

유월이 오면

| 브리지즈 |

유월이 오면 나는,
온종일 향긋한 건초더미 속에
내 사랑과 함께 앉아
산들바람 부는 하늘에
흰 구름 얹어놓은
눈부신 궁전을 바라보련다.
그녀는 노래를 부르고
나는 노래를 지어주고
아름다운 시를 온종일 부르리다.
남몰래 내 사랑과 건초더미 속에 누워 있을 때
인생은 즐거우리라.

사랑이란

| 칼릴 지브란 |

사랑은 늙은 노인처럼 단순하고 순진한 것.
어느 봄 날 오래된 참나무 그늘 안에
함께 앉아 있는 것입니다.
사랑은 일곱 개의 강 너머 시인을 찾아
아무 바라는 것 없이 그 앞에 서는 것입니다.
사랑은,
그 사랑이 당신을 절벽 끝으로 이끌어도
따라가는 것입니다.
사랑에게 있는 날개가 당신에게는 없을지라도
사랑 없는 삶은 아무것도 아니므로
그를 따라야 합니다.
함정에 빠져 조롱당할지라도
더 높은 곳에서 이를 내려다보며 미소 짓고
머지않아 봄이
당신의 이파리 위에서 춤추기 위해 찾아올 것임을,
멀지 않아 눈부신 가을이
당신의 포도를 익히기 위해 찾아올 것임을,
잊지 않는 것입니다.

진실하라

| 톨스토이 |

어떤 일에서든 진실하라.
진실한 것이 더 손쉬운 것이다.
어떤 일이든
거짓으로 해결하는 것보다는
진실에 의해서 해결하는 편이
보다 신속하게 처리된다.
남에게 하는 거짓말은
문제를 혼란시키고
해결을 더욱 어렵게 할 뿐이다.
그러나 그것보다 더 나쁜 것은
겉으로는 진실한 체 하며
자기 자신에게 거짓말을 하는 것이다.
그것은 결국
그 사람의 인생을 망치게 할 것이다.

사람에게 묻는다

| 휴틴 |

땅에게 묻는다.
땅은 땅과 어떻게 사는가?
땅이 대답한다.
우리는 서로 존경하지.
물에게 묻는다.
물과 물은 어떻게 사는가?
물이 대답한다.
우리는 서로 채워 주지.
사람에게 묻는다.
사람은 사람과 어떻게 사는가?
사람은 사람과 어떻게 사는가?
스스로 한번 대답해 보라.

아들에게 주는 시

| 랭스턴 휴즈 |

아들아, 나는 너에게 말하고 싶다.
인생은 내게 수정으로 된 계단이 아니었다는 것을.
계단에는 못도 떨어져 있었고 가시도 있었다.
바닥에는 양탄자도 깔려 있지 않았지.
그러나 나는 지금까지
멈추지 않고 계단을 올라왔단다.
계단참에도 도달하고
모퉁이도 돌고
때로는 전깃불도 없는 캄캄한 곳을 올라야 했지.
아들아, 너도 뒤돌아보지 말고 계단을 오르렴.
주저앉지도 말고
앞만 보고 올라가렴.
지금은 주저앉을 때가 아니란다.
쓰러질 때가 아니란다.

그대가 있다는 이유만으로도

| T. 제프란 |

그대가 이 세상에 있다는 이유만으로도
내 눈에 비친 세상은 더없이 눈부십니다.
그대와 함께 이 세상을 살아가는 나는
살아 있다는 것만으로도 행복에 겹습니다.
세상이 무너져 버린다 해도
그대가 있다면 나는 아무 상관없습니다.
그대는 이 세상에 존재하는 또 다른 나의 세상.
그대의 마음속은 내가 다시 태어나고 싶은 세계입니다.
그대가 존재한다는 것은 내가 살아가야 할 이유입니다.
그대와 함께 이 세상을 살아간다는 이유는
영원히 내가 그대를 사랑해야 할 이유입니다.

고향

| 오바넬 |

새들도 그들의 보금자리를 잊지 못하거늘
하물며 내 어찌 내 고향을 잊으랴.
내가 나고 자라난 낙원이여.

어느 개의 묘비명

| 바이런 |

이곳에 어느 개의 유해가 묻혔도다.
그는 아름다움을 가졌으되 허영심이 없고
힘을 가졌으되 거만하지 않고
용기를 가졌으되 잔인하지 않고
인간의 모든 덕목을 가졌으되 그 악덕은 갖지 않았다.
이러한 칭찬이 인간의 유해 위에 새겨진다면
의미 없는 아부가 되겠지만
이 개의 영전에 바치는 말로는 정당한 찬사이리라.

오늘 만큼은

| 시빌 F. 패트리지 |

오늘 만큼은 기분 좋게 살자.
남에게 상냥한 미소를 짓고,
예의바르게 행동하며,
아낌없이 남을 칭찬하자.
인생의 모든 문제는 한 번에 해결되지 않는다.
하루가 인생의 시작인 것 같은 기분으로
계획하고 계획을 지키려 노력해 보자.
조급함과 망설임이라는 두 마리 해충을 없애도록 노력하고,
나의 인생에 대해 올바른 판단을 할 수 있도록 애써보자.

순수의 노래

| 블레이크 |

모래 앞에서 세계를,
들꽃에서 하늘을 본다.
너의 손바닥에 무한을,
시간에 영원을 잡는다.
밤을 없애려
밤에 태어난 이의 눈으로 보지 않으면
우리는 거짓을 믿게 되리.
영혼이 빛의 둘레에서 잠자는 때에
신은 나타나신다.
밤을 사는 가난한 영혼에는 빛으로.
낮을 사는 영혼에는 사람의 모습으로.

첫사랑

| 괴테 |

아, 누가 그 아름다운 날을 가져다 줄 것이냐,
첫사랑의 날을.
아, 누가 그 아름다운 때를 돌려 줄 것이냐,
사랑스러운 때를.
쓸쓸히 나는 이 상처를 기르고 있다.
끊임없이 새로워지는 한탄과 더불어
잃어버린 행복을 슬퍼한다.
아, 누가 그 아름다운 날을 가져다줄까,
그 즐거웠던 때를.

부드럽게 받쳐주는 그분

| 릴케 |

나뭇잎이 떨어진다.
멀리서 떨어져 온다.
마치 먼 하늘의 정원이 시들고 있는 것처럼
거부의 몸짓으로 떨어지고 있다.
밤이 되면 이 무거운 지구는
모든 별로부터 떨어져 고독 속에 잠든다.
우리 모두가 떨어진다.
여기 이 손도 떨어진다.
다른 모든 것들도 떨어진다.
그렇지만 이렇게 떨어지는 모든 것을
양손으로 부드럽게 받쳐주는 그분이 계신다.

힘과 용기

| 데이비드 그리피스 |

강해지기 위해서는 힘이
부드러워지기 위해서는 용기가 필요하다.
자신을 방어하기 위해서는 힘이
방어 자세를 버리기 위해서는 용기가
확신을 갖기 위해서는 힘이
의문을 갖기 위해서는 용기가 필요하다.
조화를 이루기 위해서는 힘이
전체의 뜻에 따르지 않기 위해서는 용기가
다른 사람의 고통을 느끼기 위해서는 힘이
자신의 고통과 마주하기 위해서는 용기가 필요하다.
자신의 감정을 숨기기 위해서는 힘이
그것을 표현하기 위해서는 용기가
학대를 위해서는 힘이
그것을 중단시키기 위해서는 용기가 필요하다.
홀로서기 위해서는 힘이
누군가에게 기대기 위해서는 용기가
사랑하기 위해서는 힘이
사랑받기 위해서는 용기가 필요하다.
생존하기 위해서는 힘이
삶을 살아가기 위해서는 용기가 필요하다.

마음의 교환

| 사무엘 콜리지 |

나는 내 사랑과 마음을 교환하였다.
내 품에 그녀를 품었으나
왜 그런지 나는
포플러 나뭇잎처럼 와들와들 떨었다.
그녀는 아버지의 승낙을 받으라고 했다.
그녀의 아버지를 만나며 나는 갈대처럼 떨었다.
의젓하게 행동하려 했으나 그러지 못했다.
우리는 이미 마음을 나눈 사이인데도.

너의 그 말 한 마디에

| 하인리히 하이네 |

너의 해맑은 눈을 들여다보면
나의 온갖 고뇌가 사라져 버린다.
너의 고운 입술에 입 맞추면
나의 정신이 말끔히 되살아난다.
따스한 너의 가슴에 몸을 기대면
마치 천국에 온 것 같은 기분
"당신을 사랑해요"
너의 그 말 한 마디에
한없이 한없이
눈물이 흘러내린다.

발자국들

| 폴 발레리 |

그대 발자국들이
성스럽게, 천천히
내 조용한 침실을 향하여
다가오고 있네.
순수한 사랑이여,
신성한 그림자여,
숨죽이듯 그대 발걸음 소리는 정말 감미롭구나.
신이여!
분간할 수 있는 나의 모든 재능은
맨발인 채로 나에게 다가온다오.
내밀어진 너의 입술로
일상의 내 상념을 진정시키려
타오르는 입맞춤을 미리 준비한다 하여도.
있음과 없음의 부드러움
그 애정의 행위를 서둘지 마오.
나 기다림으로 살아왔으며
내 마음은 그대 발자국일 뿐이오.

가슴으로 느껴라

| 헬렌 켈러 |

태양을 바라보고 살아라.
그대의 그림자를 못 보리라.
고개를 숙이지 말라.
언제나 머리를 높이 두라.
세상을 똑바로 쳐다보라.
나는 눈과 귀와 혀를 빼앗겼지만
내 영혼을 잃지 않았기에
그 모든 것을 가진 것이나 다름없다.
고통을 느껴보지 못한 사람은 진정한 쾌락을 알 수 없다.
그대가 정말 불행할 때
세상에서 그대가 해야 할 일이 있다는 것을 믿어라.
그대가 다른 사람의 고통을 덜어줄 수 있는 한
삶은 헛되지 않으리라.
세상에서 가장 아름답고 소중한 것은
보이거나 만져지지 않는다.
단지 가슴으로만 느낄 수 있다.

한 순간만이라도

| 도나 뽀쁘헤 |

단 한 순간만이라도
그대와 내가
서로 뒤바뀌었으면 좋겠어요.
그래야 그대가 알게 될 테니까요.
내가 그대를
얼마나 사랑하고 있는지를요.

언제나 서로에게 소중한 의미이기를

| 세리 도어티 |

그대가 나를 얼마나 생각하는지
그대의 두 눈을 보면 알 수 있지요.
그대가 나를 사랑하고 있다는 것을
나는 너무나 잘 알고 있어요.
내 가슴속에서 그대에게 느끼는
다정다감한 감정을 모두 표현하기란
쉽지 않다는 것을 알아주세요.
낮이나 밤이나
일 년 내내 어느 때나
내 마음은 언제나 한결 같아요.
앞으로 또 여러 해가 지난 후에도
우리 두 사람은
언제나 서로에게
이만큼의 의미를 지니도록 기도 드려요.

그대를 만나러 가는 길

| 타고르 |

약속한 그곳으로 나 홀로 만나러 가는 밤.
새들은 노래하지 않고
바람 한 점 없고
거리의 집들도 묵묵히 서 있을 뿐
내 발걸음만 소리를 내고 있습니다.
나는 부끄러움으로 발코니에 앉아
그이의 발걸음소리를 기다리고 있습니다.
나무 하나 흔들리지 않고
세차게 흐르던 물여울조차
잠든 보초의 총처럼 고요합니다.
거칠게 뛰고 있는 것은 오직 내 심장뿐
어떻게 진정할까요?
사랑하는 그대 오시어 내 곁에 앉으면
내 온몸은 마냥 떨리기만 하고
내 눈은 감기고 밤은 곧 어두워집니다.
바람이 살포시 촛불을 꺼버립니다.
구름이 별을 가리며 장막을 드리웁니다.
내 마음속 보석이 반짝반짝 빛납니다.
어떻게 그것을 감추겠습니까?

타는 가슴 하나 달랠 수 있다면

| 디킨슨 |

애 타는 가슴 하나 달랠 수 있다면
내 삶은 결코 헛되지 않으리.
한 생명의 아픔 덜어줄 수 있거나
괴로움 하나 달래 줄 수 있다면.
헐떡이는 작은 새 한 마리 도와
둥지에 다시 넣어줄 수 있다면
내 삶은 결코 헛되지 않으리.

오늘

| 칼라일 |

여기에 또 다른
희망찬 새 날이 밝아온다.
그대는 이 날을
헛되이 흘려보내려 하는가?
우리는 시간을 느끼지만
누구도 그 실체를 본 사람은 없다.
시간은 우리가 자칫
딴 짓을 하는 동안
순식간에 저만치 도망쳐 버린다.
오늘 또 다른
새날이 밝아왔다.
설마 그대는 이 날을
헛되이 흘려보내려 하는 것은 아니겠지?

높은 곳을 향해

| 브라우닝 |

위대한 사람이 단번에 그와 같이
높은 곳에 뛰어 오른 것은 아니다.
동료들이 단잠을 잘 때
그는 깨어서 일에 몰두했던 것이다.
인생의 묘미는 자고 쉬는 데 있는 것이 아니라,
한 걸음 한 걸음 앞으로 나아가는 데 있다.
무덤에 들어가면 얼마든지 자고 쉴 수 있다.
자고 쉬는 것은 그때 가서 실컷 하도록 하자.
살아 있는 동안은 생명체답게 열심히 활동하자.
잠을 줄이고 한걸음이라도 더 빨리 더 많이 내딛자.
높은 곳을 향해, 위대한 곳을 향해.

세상사

| 장 콕토 |

자네 이름을 나무에 새겨놓게나.
하늘까지 우뚝 치솟을 나무줄기에 새겨놓게나.
나무는 대리석보다 한결 낫지.
새겨놓은 자네 이름도 자랄 것이니.

희망은 날개를 가지고 있는 것

| 디킨슨 |

희망은 날개를 가지고 있는 것.
영혼 속에 머물면서
가사 없는 노래를 부르면서
결코 멈추는 일이란 없다.
광풍 속에서 더욱더 아름답게 들린다.
폭풍우도 괴로워하리라.
이 작은 새를 당황케 하여
많은 사람의 마음을 따뜻하게 했었는데.
얼어붙을 듯 추운 나라나
멀리 떨어진 바다 근처에서 그 노래를 들었다.
그러나 어려움 속에 있으면서 한 번이라도
빵조각을 구걸하는 일은 하지 않았다

누구든 떠날 때는

| 바흐만 |

누구든 떠날 때는
한여름에 모아 둔 조개껍질
가득 담긴 모자를
바다에 던지고
머리카락 날리며 멀리 떠나야 한다.
사랑을 위하여 차린 식탁을
바다에 뒤엎고
잔에 남은 포도주를
바다 속에 따르고
빵은 물고기들에게 주어야 한다.
피 한 방울 뿌려서 바닷물에 섞고
나이프를 고이 물결에 띄우고
신발은 물속에 가라앉혀야 한다.
심장과 달과 십자가와 그리고
머리카락 날리며 멀리 떠나야 한다.
그러나 언제 다시 돌아올 것을,
언제 다시 오는가?
묻지는 마라.

첫 민들레

| 휘트먼 |

겨울이 끝난 자리에서
소박하고 신선하게 아름다이 솟아나서,
유행, 사업, 정치 이 모든 인공품들은 아랑곳없이,
양지 바른 구석에 피어나
통트는 새벽처럼 순진하게
새봄의 첫 민들레는 믿음직한 그 얼굴을 내민다.

눈물 속에 피는 꽃

| J. 도레 |

나는 믿어요.
지금 흘러내리는 눈물방울마다
새로운 꽃이 피어나리라는 것을.
그리고 그 꽃잎 위에
나비가 찾아올 것이라는 것을.
나는 믿어요,
영원 속에서 나를 생각해주고
나를 잊지 않을 그 누군가가
있다는 것을.
그래요.
언젠가 나는 찾을 거예요.
내 일생 동안 혼자는 아닐 거예요.
나는 알아요,
보잘 것 없는 나를 위해
영원 속에 한 사랑이 있다는 것을.
그래요.
내 일생 동안 혼자는 아닐 거예요.
나는 알아요,
이 하늘보다 더 높고 넓은 영원 속에
작은 마음이 살아 있다는 것을.

무지개

| 워즈워드 |

하늘의 무지개를 바라보면
내 마음은 뛰노나니.
나 어려서 그러하였고
어른이 된 지금도 그러하거늘
나 늙어서도 그러하리다.
아니면 이제라도 나의 목숨 거두어 가소서.
어린이는 어른의 아버지
바라노니 내 생애의 하루하루를
천성의 경건한 마음으로 살아가게 하소서

눈 내리는 저녁 숲가에 서서

| 프로스트 |

이 숲이 누구의 숲인지 나는 알겠다.
그의 집은 마을에 있지만
그는 내가 여기 서서 눈이 가득 쌓이는
자기 숲을 보고 있음을 보지 못하리라.
내 작은 말은 이상하게 여기리라.
숲과 얼어붙은 호수 사이에
한 해의 가장 어두운 저녁에
가까이 농가도 없는 곳에 멈추는 것을.
내 작은 말은 방울을 흔들어
무슨 잘못이라도 있느냐고 묻는다.
그 밖에 들리는 소리라곤 다만
솜털 같은 눈송이가 스쳐가는 소리뿐
아름답고 어둡고 아늑한 숲속.
그러나 내겐 지켜야 할 약속이 있고
자기 전에 가야 할 먼 길이 있다.
자기 전에 가야 할 먼 길이 있다.

내게 있는 것을 잘 사용하게 하소서

| 윌리엄 버클레이 |

신이여,
나로 하여금 나의 생명을
당신께서 내게 원하시는 대로
사용하게 도와주소서.
나의 능력을
다른 사람을 위해 쓰게 하심으로
남을 행복하게 하고 세상을
유익케 하옵소서.
내가 가진 물질로
자신을 위한 이기적인 목적이 아니라
남을 돕는 일에 후히 쓰게 하옵소서.
나의 시간을 선한 일에만
지혜롭게 사용하도록 도와주옵소서.
이기적이거나 육적인 쾌락을 위해 쓰지 않고
남을 위해서 사용케 하옵소서.
나로 하여금 새로운 것을 깨닫고
자신을 발전시키는 일을 위해 노력하게 하시며
배우는 것을 게을리 하지 않게 하시고
세상의 무익하고 썩어질 것들에
결코 마음을 두지 않게 하옵소서.

나의 기도

| 마더 테레사 |

사랑받고자 하는 욕구에서 나를 구하소서.
칭찬받고자 하는 욕구에서 나를 구하소서.
명예로워지고자 하는 욕구에서 나를 구하소서.
칭찬받고자 하는 욕구에서 나를 구하소서.
신뢰받고자 하는 욕구에서 나를 구하소서.
인정받고자 하는 욕구에서 나를 구하소서.
인기를 누리고자 하는 욕구에서 나를 구하소서.
굴욕에 대한 두려움에서 나를 구하소서.
멸시에 대한 두려움에서 나를 구하소서.
비난에 대한 두려움에서 나를 구하소서.
중상모략에 대한 두려움에서 나를 구하소서.
잊혀지는 두려움에서 나를 구하소서.
오해받는 두려움에서 나를 구하소서.
조롱당하는 두려움에서 나를 구하소서.
배신당하는 두려움에서 나를 구하소서.

삶이 그대를 속일지라도

| 푸쉬킨 |

삶이 그대를 속일지라도
슬퍼하거나 노여워하지 말라.
마음 아픈 날엔 가만히 누워 견디라,
즐거운 날이 찾아오리니.
마음은 미래를 산다.
지나치는 슬픔엔 끝이 있게 마련
모든 것은 순식간에 날아간다.
그러면 내일은 기쁨이 돌아오느니.

지금 이 순간
- 지치고 힘들 때 읽는 명시 100선

초판발행일 | 2021년 5월 1일
초판인쇄일 | 2021년 5월 1일

지은이 | 릴케 외
기획 | 이정순
명시 선정위원 | 김현안 / 김유덕 / 방훈 / 이정순 / 정해경
엮은이 | 이정순
펴낸이 | 장문정
펴낸곳 | 도서출판 그림책
디자인 | 이정순 / 정해경
출판등록 | 제2010-000001
주소 | 경기도 수원시 영통구 원천동 광교호수공원로 45
연락처 | TEL(070)4105-8439
E-mail | khbang21@naver.com